KB071117

돌아보면 다 사람이다

책만드는집 시인선 059

돌아보면 다 사랑이다

구지평 시집

책만드는집

고등학교에 입학하자마자 부모님 몰래 한국단편소설 전집을 할부로 덜컥 샀다. 열다섯 권으로 가격이 많이 비쌌지만 한 학기 수업료를 주고, 나머지도 무척 힘들게 갚았던 것 같다. 몇 번이나 되풀이해서 읽을 수 있어서 참 좋았지만 덕택에 매번 수업료는 다음 학기 수업료로 내느라 전교에서 거의 꼴찌로 내야만 했다. 몇 년 전 시골에서 낡고 닳은 그 책을 창고에서 발견하고서 반가움 반 아픈 기억 반에 펜을 잡았다.

아직도 삶이 허허벌판이다. 예나 지금이나 엉성한 싸리발을 친 울타리마냥 사는 게 서툴러 위태위태하다. 지독히 가난했던 시절에 겁 없이 고가의 책을 샀듯, 세상을 향해 나를 발가벗긴다. 어쩌랴, 돌아보면 다 사람 사는 모습이었던 것을.

첫 시집 내용이 모두 부끄러운 나의 독백이다. 훗날에는 부끄럽지 않은 고백이 되도록 노력해야지. 항상 질책과 칭찬으로 마음을 다잡아 주시는 이승하 교수님, 진심으로 감사드립니다.

2014년 10월

구지평

5

| 차례 |

2부

3부

4부

1부

가난

식구 스물둘 늘도록
십 년째 시집살이
섣달 끝자락 분가하면서

쌀 닷 되
좁쌀 한 가마
장물 한 단지
주발 다섯
숟가락 다섯

복막염 수술 열세 번에
녹초가 된 아버지
육 남매 건사하며
죽지 못해 살아온 고향
아서라 고향이란 말
하루에도 골백번 황천길이 보이더라

군불 지피려니 성냥이 없어

새댁이 딱하다며 옆집에서
적선해준 아리랑 성냥 한 통
매운 연기 탓인지 서러워선지

지금 생각하면
진종일 맹물만 한 바가지 먹어서
그렇게 눈물만 난 것 같다고 웃는
어머니

내성천*

어릴 적 홍수가 나면
탕탕히 흐르는 붉은 황톳물에
원두막이 떠내려오고
참외 수박도 떠내려오고
돼지도 떠내려오고
꿈속에서는 방천 둑이 무너져
물귀신이 나를 잡아갈까
이불을 적시곤 했었는데

진달래 흐드러진 봄날
다시 찾은 내성천 물길이
희미해진 기억의 줄기처럼
마른 강바닥을 기어 다니고 있었습니다

서툰 글씨로 보내온 동무의 소식이
부서져 가는 시간을 거슬러
팍팍한 도시의 삶에 비를 내리고
청보릿대 피는 가슴에 평온함을 주는 이 저녁

강물은 다시 플라타너스 허리까지 탕탕히 굽이치고
방천 둑에 모여서 물 구경 하던
그 시절 그 동무들

창문 밖 가로등 아래서 나를 기다리느라
하얗게 밤을 새우고 있습니다

* 경상북도 봉화군·영주시·안동시·예천군을 흐르는 강으로, 낙동강의 제
  1지류.

어머님 전 상서

내 그리운 어머니 별고 없으시죠?

오늘은 안경을 깔고 앉아 찌그러뜨려 그만 길을 잃어버렸네요 금이 간 눈동자 속에 또 다른 내가 빛과 어둠의 경계에서 피를 흘리고 시간이 정지된 채 가로누운 유리 속의 도시가 어지럽습니다 언 땅에 꽃을 피우던 얼음새꽃은 꽃받침조각에 얼굴을 돌돌 말고 귀가를 서두르고 겨울을 통과한 빛이 스펙트럼을 타던 수평선은 바다가 기울어 광 폭포를 이루고 등대는 스스로 눕습니다 종種의 종말을 감지한 생명은 수정체에 새로운 산란을 할까요? 빛을 삼킨 겨울의 역성혁명에 진화론자의 파산선고가 곧 있을 것 같습니다 당신께서 가장 사랑하는 셋째는 가난한 천재의 몰락을 상징하는 박제가 되어 박물관 벽에 누워 있습니다 당부컨대 어머니는 가지 마셔요 심장이 무너지는 소리에 몽유병 환자같이 박물관을 나와 매끄러운 배롱나무 가지의 아우성을 타고 하늘로 오를 겁니다 잊고 있었네요 재 너머 마을마다 부고장을 돌리던 재석 아제는 문중 사직의 명을 거역하고 스스로 하늘로 올랐습니다 유산으로는 효력을 상실한 보험증서 한 장이 전부라네요 어머니 쥐

락펴락 아무리 고생해도 어머니가 일러준 세상을 볼 수 없어요 이 도시의 혼돈을 벗어나는 마지막 출구는 어머님의 사랑이라는 걸 전해주지도 못했습니다

돋보기가 슬픈 내 어머니

안경에 초점을 맞추려고 세상을 접었다 펼 수 없으니 그냥 살렵니다 내 인생 저무는 어느 오후쯤 세상을 바로 보는 안경을 찾을 수 있겠지요 그때는 말갛게 씻긴 얼굴로 어머님의 그 고운 눈동자에 초점을 맞출 수 있을까요?

오늘도 밤이 다 지나도록 백 번쯤 어머님 생각하면 아침이 밝아옵니다

사랑하며 산다

누워 있는 티스푼에 설탕 조각 올려놓고
커피색 기다림 한 방울씩 떨어뜨리며
녹아내리는 마음을 읽는다

젖는다
알몸으로 스며든다
손을 잡고 눕는다

평생을 마주 보며
살을 섞고 사랑을 하는
커피와 설탕

지겨워진다
그래도
사랑이 다시 젖어 든다

숨죽인 음악이 바람인 듯 걸어간다
가을 편지같이 설레던 기억

일상의 언어들로 퇴색되어
커피 잔에 몸을 넌다

감자꽃

어머님 박음질 그리도 야무진 걸
어릴 때는 눈치도 못 챘으나 이제야 알 것 같습니다

닳아도 악착같이 붙어 살라고
너덜너덜 넝마 같은 나일론 바지라도
겨울이 눌어붙은 팔소매 뗏국물 온기라도
육 남매 꼭꼭 붙어 떨지 말라고

홍매화 흐드러져 꽃구경 가자 해도
팔순 넘어 감자눈 따는 손길 저리도 야무지니
묵정밭에 뿌리 내린 당찬 세월에
올해도 감자꽃이야 넉넉히 피겠지만

메마른 줄기 주렁주렁 매달린 감자들은
꽃구경길 평생 나서지 못할 겁니다
저 하얀 눈물꽃 두고두고
시린 가슴에 필 때마다

고춧가루

비닐봉지 여섯 개
시집간 딸이나 아들네나
시리지 않은 손가락이 없는 법

여든 노구
온 여름내 텃밭에 심어

붉게 영근 땀방울 곱게 빻아
자식들 손에 들려 따라나서는
어머님 주름살

식탁에 앉을 때마다
자식들은 노구를 먹고 산다

가자 애촉*의 나라로

잠들지 못하는 밤 도시의 하늘을 힘겹게 받치고 서 있는 아
파트 벽을 타고 휘청거리며 애촉의 나라로 간다 몸뚱어리는
바닥에 내팽개쳐 지고 새털 같은 영혼은 죽음의 도시로 들어
선다 녹슨 세월이 벌겋게 삭아 흐르는 철대문 초인종을 누르
는 손에 푸른 핏줄 투명하건만 아이는 말없이 문을 열어줄 뿐
눈동자를 기억할 수 없는 얼굴들 가느다란 여린 목소리 모르
는 사람이 편안한 애촉의 계곡 찔레나무 가지 위에 너울너울
춤을 추며 파편처럼 흩어지는 인광燐光 도시를 무서워하는 아
이의 손을 잡고 강가로 떠난다 발가벗은 아이들이 도깨비 집
짓고 있는 고향 강가 누워 있는 시체 눈을 꼭 감고 울고 있다
소沼에 빠져 죽은 아이 퉁퉁 불은 몸뚱어리 꾸욱 눌러본다 입
학금이 없어 열네 살 나이에 리어카 끌다가 통째로 빠져 죽은
아이
　참 불쌍한 아이였지
　진짜 실수로 죽은 거야?

고명딸을 백혈병으로 먼저 보낸 실성한 아주머니 말없이
무덤 꼭대기에 앉아 히죽거리기만 한다 그 눈빛이 벌건 아랫

도리를 햇볕에 말리던 여인숙 누이를 닮아 한켠으로 물러나 별빛에게 길을 내어준다

별을 그리워하던 누이 연탄불에 밥을 지으면 늘 시커멓게 태워 도시락을 쌀 수 없었지

보름달 꽉 차오는 가을로 살아가던 하얀 얼굴, 하얀 손에 내성천 강물이 푸른 핏줄로 흐르던 누이, 누이의 속살같이 깨끗한 배춧속 우리는 잘도 파먹었지 설한풍 무릎을 꺾고 햇살 따스하던 봄날 한밤중 도깨비불과 눈이 맞아 누이는 강가 신작로를 따라 떠나갔지

그랬지 그땐 다들 그랬지

돌아앉은 시계는 숨구멍이 막혀 헉헉거리고 껍데기만 남은 세월이 새벽마다 베란다를 넘나들다 침대에 몸을 뉜다 학교에서 돌아오는 길 말라리아에 골골거리는 동무를 리어카에 태워 끌고 오다 양지바른 무덤가에 버렸던 아이 먼저 간 동무 찾아 오늘 밤도 애총의 나라로 길을 떠난다

* '어린아이의 무덤'을 일컫는 경상도 방언.

노랑조팝나무

할아버지, 노랑조팝나무를 심어요
보릿고개 배 곯던 시절 추억하라고
한 숟갈 가득 뜬 조밥 와르르 쏟아지듯
아침마다 텃밭에 좁쌀꽃 터트리게

고추 깨 밭고랑 고랑마다
이팝나무도 지천으로 심어요
자식 손에 들려줄 나부랭이 생각 마시고
꽃잎 같은 흰쌀 훨훨 춤추게

너무 오래 살았다 한숨짓지 마시고
이팝 조팝 고루고루 동무하면서
손녀딸 얼른 커서 시집갈 때까지
웃음꽃에 손 담그고 살아요

둔한 아버지 노랑 개나리만 만발해도
할아버지 안부 꼭꼭 챙기도록
노랑조팝나무 텃밭 가득 심어요

네?
할아버지이,

늑대 전설

나 어릴 때 울 엄니 맨날 꾸짖으며 하는 말,
저눔 저 늑대 같은 눔!
또래보다 머리 하나는 더 크고
생긴 것도 까칠한 나는 늑대였지

또래들 두들겨 패고 작은방에 숨으면
맞은 놈 엄니 찾아와 가슴 치며
아들 잘 데리고 놀아라 당부하는데
울 엄니사 어쩔 줄 몰라 하시지만

거봐, 난 어른도 겁내는 대장이야!

흰머리 늘어나고 눈도 침침해지는 요즈음
머리 굵은 아들놈 어깃장에
소리 꽥 지르고 돌아서면
울 엄니 웃으시며

자식 이기는 장사 있는 줄 아나!

늑대 같은 눔 회초리 치시던 엄니에게 아직도 나는
동네 아이들 꼬리 달고 들로 산으로 내달리며
기세등등 범 무서운 줄 모르는
늑대로 남아 있지

엄니 가슴속에 나는 '늑대의 전설'이다

벌초

어메요 주말 생신날 갈게, 아부지는?

야야, 바쁜데 머하러 오노, 고마 쉬제……,

……,

쪼매 일찍 나서그라, 아도 오제?

그래지 뭐……

오~야!

희미하게 멀어지는 엄니의 목소리,

영감 예초기 손봐노소!

'뚝'

일요일 어머님 생신날, 벌초하다
여든 넘으신 아버님 예초기로 단장하시는 동안
능성 구씨 좌정승파 족보 행간에 밑줄을 긋다

호랑이 새끼를 품다

발가락이 닮았냐고 묻지를 마라
험한 세상 개새끼 삶에 내 발바닥이 망가진 거지
복스럽고 따스한 누렁이표 털색이
넌 천상 내 새끼다

눈을 뜨지 마라 아가야
멸시의 발질은 전생의 업보에 따른 내 몫일 뿐
네게 어울리는 건 호피 무늬 베이비 룩
주먹을 불끈 쥐고 팔뚝을 쭉 뻗어라
옜다! 엿 먹이는 발칙한 도전
그럼, 그래야지

코끝에 감도는 수상한 비릿함에 소름이 돋는다
나의 도덕경 설파의 한계
백두산 피로 채워진 너의 원형질
너의 몸에서 풍기는 천지의 서기
동냥젖 살 빠진 후에는
송하맹호도의 위풍당당한 주인이 되겠구나

출세하는 날
처음 젖을 물 때 아린 통증 잊을 수 없듯이
나의 젖 내음을 기억해다오

 내가 누구냐고 묻지도 말고
 네가 누구냐고 묻지도 말고
 우리의 인연을 슬퍼하지도 말고

오로지
개차반 같은 세상에서
호랑이 젖에미로 살았던 짧은 날들이 사치였도다

고향 서정

휘어진 강줄기만큼
허리를 접는 산등성이
정갈한 땅의 고요

내성천 금모래
플라타너스
오십 년을 바스락거리는 은빛 손사래

오랜 기억 속
너의 몸서리치는 모습
삶이 고단타

눈 내리는 오후의 반란
허한 가슴에 따뜻한 고향 동구 밖
닿을 수 없는 우주의 강기슭인가

석류꽃

그대
붉은 스카프가 어울리는
도도한 여인
선홍빛 꽃등을 켜고
아름다워라

시월의 향기를 꿈꾸며
농염한 유혹의 몸짓
여린 꽃잎 열어
보석보다 귀한 애액을 품다

어울렁 더울렁
함께 가는 성숙의 시간
날 선 고독

아내

아내가 자다가 일어나
열불이 난다고 찬물에 샤워를 합니다
우리 또래들 다 그렇듯이
울던 강물이 바다로 흘러가듯
자식들 때가 되어 떠나고
둘이서 늙어가는 세월을
덤덤히 받아들이며 젖은 몸을 닦아줍니다

이 사람에게 우울증이 있습니다
곱던 눈동자 안구건조증으로
실핏줄이 자주 터지고
달거리 주기는 스무 날 이내로 짧아지다가
드문드문 자식들 전화 오듯 합니다

속으로 푸르르 열꽃이 피고
사소한 일에도 날을 세우는 자신을
애써 혼자서 삭이고 있구나
가끔씩 예쁜 아미를 찡그리는 걸 보면

나는 금방 알 수 있습니다

병원 가자고 닦달을 하는 나에게
괜한 소란 피우지 말라며
선홍빛 석류꽃 곱게 피었다가
소리 없이 떨어진들 무슨 대수냐는 듯
입가에 미소만 띠며
이 못난 사람
베란다 군자란에 물만 주고 있습니다

아버지

계급 : 일등병

병과 : 보병

군번 : 9497206

입대 : 단기 4286년 11월 4일

제대 : 단기 4287년 7월 17일

현역으로부터 제대함과 동시에 예비역에 편입함을 증서함

제5육군병원장 대리 육군대령 오희수

열여덟 새신랑

의용군으로 끌려가고

열일곱 새색시

신작로만 바라보며

묵시래이* 삼 년

거제도 포로수용소 송환되자마자

스무 살에 군대 잡혀가

일등병으로 제대할 때까지

정신병원 생활

《창작과비평》 영인본
낡은 책갈피에 끼워진 제대 증서
누더기 같은 세월

지난해 처음 보았다
육십 년 동안 침묵해온
천 개의 언어

* 경상도 방언. 혼인을 하고 1년 내외 친정에 머물면서 신부 수업을 받던 풍습.

아픈 사월아

먼 길 돌아
듬성듬성 푸른빛 번지며
봄날이 왔노라 머리 숙이는 사월아

서슬 퍼런 아버지 앞에 여린 눈물 훔치며
졸업장 하나 없이 목련꽃 피워내던 내 누이같이
너의 얼굴에 덕지덕지 아픔이 묻어 있구나

언 땅에 알몸 비벼
야윈 계절을 인고한 너
겨울은 잔인했노라 눈물 흘리는 사월아

쑥불 매캐한 향기 따라
청산에 홍매화 피는 봄날이 오면
너의 아픔 묻히겠지만

임의 가슴에 안기지 못하는 슬픔
나는

또 어찌할꼬

사월
너의 아픔 가슴에 품고
내 임이 그 고운 미소로
사랑을 말하는 오월을 기다린다

어머님 노래

햇살만큼 화사하던 젊은 시절
콩깍지 자지러지게 타작하는 날 고운 목소리로 부르시던
어머님 노래,
해애~~당화 피고 지~는 섬 마~으~을에~
희얀타, 엄마도 노래할 줄 아네?

십 년 전 아버님 칠순 잔칫날
내세울 것 부러울 것 하나 없는 자식 농사, 소박한 일생
더 이상 바랄 게 없다 나는
손사래 너울너울 곱게 취한 어머님 노래
사~아 고~옹의 뱃노오~래 가아물거리이며
이난영보다 가냘픈 목포의 눈물에 산여울 넘던 구름이 울고

아버님 한 살 아래요 생일은 추석 전이라 잔칫상 없이 살아
온 어머님
남한테 싫은 소리 자식한테 해될까 봐
평생 입 다물고 사시다가 아버님 팔순 잔칫날
힘겹게 부르는 노래 한 소절

코스모스 한들한들~~~ 걸어갑니다

틀니 사이로 새는 코스모스에 자식 가슴 시린 바람이 일고
저 꽃잎 지면 다시 들을 수 없는 노래
큰일이다
해마다 코스모스 꽃 피기도 전에 코끝이 시려올 텐데

칠순 잔치

평생 곡주 한 잔 못 하시던 아버지
칠순 잔칫상 받으신 날
맑은 정종 한 잔에 울음 우신다

아등바등 칠십 년 발효된 취기는
먹빛 삭풍이 되어
복수초 꽃 질 때 먼저 간 누이를 불러오고
마당 가득 어지러운 열두 발 상모놀음
장구 소리 꽹과리 곤죽이 된 회한의 응어리는
질경이 같은 아픔을 내려놓고
당신의 지난한 세월의 등줄기를 두드린다

홀치기* 싫어 도시로 간 버들치
허기진 척추에 바삭바삭 낙엽 소리만 나고
철없는 치어들 햇살 맴도는
강가 억새풀이 제 바닥인지 모르고

오냐! 오냐! 많이 힘들었제 그랬을 끼다

칠순 잔칫상 받으시고 아버님이 우신다
새끼손가락 휘젓는 막걸리 잔에
오촌 당숙의 빨간 코가 뱅뱅 어지럽고
허리가 꼬부라진 당숙모 하루 종일
짊어진 황혼의 무게가 무거워
헛간 어둠 속에 누우신다

* 60~70년대 여자들이 주로 하던 부업.

어버이날

꽃대궁 나풀나풀 봄볕에 깐죽대는 오월 첫 휴일
산허리 밭뙈기에 고구마 심는 구씨네 삼대

마디마디 짧게 잘라 순이 돋겠느냐고
할아버지 생트집
육십 년 궁합 타박하고

할머니
저래 질질거리니 잎사구 적시겠느냐
물 펌프 낡은 것 에둘러 분풀이하고

가치와 효용 들먹이는 손자 놈
언제쯤 농지대본農之大本 깨닫게 될까
봄바람에 새싹 나듯 희망은 새롭고

헛삽질에 해 저무는 아들
부모님 검버섯이 세월 그을음
먹먹한 가슴 바람이 휑하다

돌아오는 길
다음 주에는 고추 심으러 가자는 말에
넝쿨째 주렁주렁 매달리는 볼멘소리들

가거나
혹 말거나
차창 밖 바람이 전하는 말에
속내를 알고 있는 고구마 잎들
다리를 뻗치고 벙긋벙긋
웃고 있을 게다

해로

한 갑자 살 섞고 살았으면 된 거지
임자 보고 살았나 자식 보고 살았지

볼멘소리 느릿느릿 퉁퉁 부어도
두런두런 살가운 베갯머리송사

눈 더 붙이소 멀었구마
......
구부정한 허리 돌아눕는 기척에 새벽이 깬다

보약 한 재 묵어야겠네
씰데없는 소리
언감히 불알망태를 쓸어 올리는 손끝이 축축하다

실안개 살금살금 안마당에서 장난 놀고
토담 밑에 양지꽃 솜털 세워 입술 적시면
감꽃 떨어지는 잔잔한 파문에 선잠을 깬
첫닭이 놀라 홰를 치고 운다

2부

가묘

길이 사라진 숲 속 빈집에
빗장을 건 세월
말라버린 우물에 썩은 늑대의 악취
입안을 맴도는 햇살이 낯설다

숲 속 어디에나 햇살은 내리지
다만 그늘을 만드는 것은
경험 많은 고목이 격에 맞는 법
그늘에 익숙한 고양이 발자국
언젠가 당신처럼 스치듯 지나가고

갱생의 깃발이 오른다
둥지를 튼 억센 바람
푸른 입술에
어엿한 가슴에
단단히 뿌리를 박고

인생이 거미의 덫에 걸릴 때쯤

늪에 뼈를 씻으며
가묘 하나 터를 잡아
비석에 새기는 이력 한 줄

능성구공지평지묘綾城具公地坪之墓

밴댕이회무침

사유의 그물망에 몸뚱어리 끼이는 순간
넋은 자유로울 수 없어
선하게 불어오던 바람의 언어들은 잊어야 해
허언虛言의 비평가 거친 손길 닿기 전에
스스로 빗금을 긋고 절명하는 것이 순리이지

바다는 알고 있어
채워도 비워지기만 하는 소갈딱지 행간에
쏟아낼 육두문자 하나 없는 아가미의 허세
그나마 근해의 모래 속 날렵한 촌언과
퇴고 전 밤새 토하던 민물의 기억이
매운탕 비린내를 지우는 소스라는 걸

봄바람 분분한 석모도항에
비명횡사한 하루가 닻을 내리면
재수 옴 붙은 오월의 잔상
염분에 절인 절필은 화려한 사치에 지나지 않아

오!
배 째지고 목 잘린 내 주검에
비창의 노래를 불러다오

짧은 소갈딱지 눈빛에 허기가 돌면
물방울 넥타이에 갇힌 바다 청색이 울울하고
세상 안팎 얼기설기 썩은 동아줄에
시詩가 끓는 식탁 모퉁이 불타는 도시의 아우성

혓바닥이 얼얼한 아리랑 아리랑
밴댕이 아리랑

서천 가는 길

조락하는 햇살에 등을 말리며
서천에서 가을 편지를 쓴다
여름이 다 챙기지 못한 더위를 덤으로 얹어
살갑게 맞이하는 홍원항 밤 풍경

숲 속 외로운 꽃무릇에
죽음도 다정할 것 같은 초가을 밤
작은 창문에 머무는 안개의
가을 안부를 겸허히 받아들이며

계절마다 틈새를 비집은 누기가
하나둘 주름살이 되는 바람 줄기
푸르던 희망의 잔해
쉬이 추스르지도 못하고

짧은 여정 긴 여운
세월 모르고 힘닿는 대로 지은 듯한
소박한 소도시 문학관

죽은 시인의 미소를 앵글에 담으며
선물 받는 기쁨으로 고맙다는 인사를 한다

어른이 되는 계절
우리는 가을을 몇 번 쯤 다시 볼 수 있을까,
몇 번쯤
가을 여행을 약속할 수 있을까,
말없이 미소 짓는 하늘이 푸르기만 하다

생계

시 팔아 우산 하나 살 수 없다

술잔에
빗물에
시를 씻으니

빈 병 하나
알몸 하나
달랑

그래도
여생을 시에 건다

비가 오면 시를 물에 말고
시로 아이들 출가시키고
밥도 술도 나이도
시에 꾹꾹 말아

시만 지어 밥 먹기로 했다

나의 시詩

누군가에게
시가 되어 읽히는 나의 슬픔

사모하고 있다고
고백할 수 없는

운명이라
말하지 않아도 알고 있는

오로지
은혜로운 눈길 한 번이면
평생 흔들리지 않을

스스로 눕는
나의 시

어느 시인에게 내리는 십이월의 비

여보세요
서울에는 비가 내려요
겨울비가 여름 장맛비 내리듯 하여 서울은 우울해요
오늘 당신이 보고 싶네요

전당포 간판이 게으름을 피우는 오전
젖은 양버즘나무 잎 거리를 뒹굴고
스모그 탓인가 감기 기운이 있어
후줄근한 몸을 추슬러 동네 병원을 찾습니다

여보세요
하루 종일 비가 내려요
당신 생각하는 하루 비와 함께하네요
열병을 앓는 허기진 그리움
긴 하루가 미워집니다

내 마음 이렇게 싸늘해지는걸요
내일은 눈이 내리겠죠

잔설에 발자국을 남기며 그대 오시리라
잔인한 십이월의 하루를 보냅니다

오사리잡놈

남의 사상과 학식을 훔치고
말투와 손짓 발짓 흉내 내며
태연스레 얼럭광대 놀음 노는
나는 잡놈

사서삼경 논어 맹자 완독한 적 없어
동양 사상에 대해서는 맹완단청이요
태생이 소백산 심산유곡에 초동인지라

세상사 제 눈에 보이는 것이 전부
늘품 없기가 보통예금 이자 꼬리

이 천하잡놈이
양상군자 눈치도 손부끄러운 일이거늘
욕심은 하늘에 뻗친다
명함 한 줄 채울
천의무봉 시 한 수 얻기가 소원이니

막무가내 이름 석 자 들이대고
하늘이 두려워야 하거늘
얼굴 두껍기가 하회 양반탈 같으니
나는 천상 오사리잡놈

꿈이 없다

아무리 생각해도 꿈이 없어
눈을 감고 행복했노라 되뇌어도 꿈이 없어
불같은 사랑 전설이 되어
부드러운 햇살로 서성대도 꿈이 없어

꿈을 꾸던 하얀 목덜미
아직 희망이 남아 있는 종암동 골목길
삼십 대에 갈망하던 노스탤지어의 유혹
21세기 불청객 눈먼 도시에
꿈이 없어

하루 종일 허기진 배를 깔고
식탐에 눈먼 로봇 청소기
도시의 밀랍 인형과 연애하는 나에게는
꿈이 없어
이 낯선 두려움에 꿈이 없다

희망은

각시 달팽이

안개비 시나브로 산바람에 몸을 풀면
사랑에 목마른 각시 달팽이
무거운 짐을 지고
쓰린 무릎 세우고
찾아 나선다

가시덤불, 민둥산
수만 번 돌아 똬리를 트는 도돌이표
푸른 별빛에 더듬이를 내밀지만
젖은 울음으로 평행선을 달릴 뿐

정수리에 내리는 섬광, 그대를 따르렵니다
너무 멀리 가지 마세요
이슬을 걷은 새벽이 낮달을 띄우면
허한 상념의 늪에서 바라보는

당신은 타인

인사동 나들이

지하철 3호선 안국역
꺼묻거리 세상 구경하듯
지상으로 올라간다

고미술협회가 있는 수운회관을 지나
정겨운 이름 대청마루에서
곤드레돌솥밥에 허기 채우고
임금의 체취 간직한 노송이
안채를 지키는 운현궁으로 간다

인사동 골목에는
선인들 손때 묻은 천년 세월이
천지 사방
개구멍반닫이 개다리소반 토기방울잔
이름 없이 천대받던 잡동사니도
삼정승이 안 부러운 귀하신 몸

도자기방

필방

오가는 난전에서

유혹의 속삭임이 생동생동

금요일마다

화려한 외출에 가슴이 뛴다

술시 戌時

아무래도 추석에 나올라 카는 갑다 하는데
초닷새 해거름에 산기가 있는 기라
둘 먼저 낳아봐서 그런지 겁도 안 나데
어매 힘들까 봐 그런지
용을 쓰는데 금방 쑥 나오드라

하기사 시어마시는 고추밭 매다가 너거 고모
고춧골에 쏟았다 카드라만
미역국 먹고 땀을 내는데 그제사 영감 들어오드라
니 날 때 술시쯤 됐을 기다

나는 세상에 나올 때 술~술
잘도 나왔다는데
농익은 술시 酒詩 한 수 뽑아보려는데
새색시 첫 산통보다 힘들어하니
울 어매 날 보면 한 소리 하시겠네

세사 쉬운 게 있는 줄 아나

64

뭔가 몰따마는 서너 낱만 뽑아봐라
니 닮아 국시 가래이 빠지듯이 술~술 할 꺼구마!

육 남매 중에 키도 제일 크고
이쁜 색시 데려오고
술도 잘 먹고
나는 세상을 참 편하게 사는 줄로만 아시는 어매

정전

밤새 천둥 번개
지천명 학습해온
삶의 회로 몽땅 지우고
빛이 단절된 칠흑

디지털 세상으로 위장한
나의 허언과 허세를 난도질한다
필묵이 부러지고
목이 잘려 나가고

텅 빈 껍데기뿐임을
알지 못하는 사람들
실루엣에 기만당하며
이름 석 자에 숨어 사는 나를
어른이라고 부를 것 아닌가!

하늘이 두렵고
과분하여 살 수가 없다

부석 냉면

서산시 부석면 취평리 293-9번지

차부삼거리 지나 우측 골목
냉면만 허유~~ 부석냉면집
비냉 곱빼기 주문하고 기다리는데
떠꺼머리총각이 내오는 냉면 한 양푼은 족하다

우리 집 첨이유?
왜요?
우리 가게 곱빼기 시키는 사람은 위대한데……,
먹어보고 적으면 시키는데 잘 읎슈,
첨 오면 보통 드시고 담에 곱빼기 드시야지유

열첩반상 안 부러운 부석 인심 실컷 먹었으나
졸지에 위대胃大해진 점심시간
포만감에 나의 식탐 탓하지만
돌아오는 길 한낮의 햇살이 참 차지다

완두콩 터지는 날

은혜로운 햇살에 나의 몸은 더욱 농염해지고
뜨겁게 애무하는 손길
알몸으로 눕고 싶습니다

기울어진 어깨의 낮은 자리는
당신의 품 안에 기댈 수 있게
척추마저 휘어서 태어난 유혹의 몸짓입니다

쉿!
조용히 오서요 자별한 촉수의 전율
청순한 숫처녀의 선녹색 순정입니다
봉긋한 젖두덩은 탐욕스럽게
꼭지는 탱탱해지고 검붉어질 겁니다
당신이 내뿜는 열기 정신이 아득해집니다

아, 배꼽 밑은 조심하셔요
두두룩한 물마루는 우리 집안의 내력
모진 외침에도 종의 내력을 이어온

마지막 보루

온전히 은혜 다하여
나의 몸뚱어리 팡 터지는 날
알토란 같은 가을 햇살이 떼구루루 길 떠나리라

해마다 가을이면
한 움큼 그리운 이름으로 해산을 합니다

마르판 증후군

웃통 다 벗으세요
팔을 늘어뜨리고 벽 쪽을 향해 허리를 90도 굽혀주세요
자, 이제 정확한 암연의 실체를 확인하셔요
높은 쪽과 낮은 곳이 있지만 총체적 밸런스는 제로점입니다
형이하학의 잣대는 버리시고
이분법적 논쟁 따위 외면하시고
모퉁이에서 일어나는 15번 유전자 염색체 변화를 주목하십
시오
유체이탈한 영혼이 억만 광년을 여행하는 미지의 우주
답보 상태인 인류 개량의 실마리일지 모릅니다

실망하거나 두려워 마십시요
움푹 팬 우울증에는 위대한 영웅의 삶을 양각으로 새기셔요
훤칠한 키에 명석한 두뇌 시대를 리드하는 영웅들
에이브러햄 링컨이 있고
의적 임꺽정이 있고
기교의 천재 피아니스트 라흐마니노프가 있고
진 웹스터의 '키다리 아저씨'도 있네요

당신들의 우성優性을 모멘텀으로 활용하여
호모사피엔스에서부터 터미네이터까지
우매한 지구의 종족이 우주를 지배하는 길을 알게 하소서
15번 염색체의 변이가 선택받은 특권임을 알게 하시고
비타민 C 합성을 허락하지 않는 이유를 알게 하시고

머지않아
자미원의 공주가 보내온 사랑의 메시지에
누군가 화답하는 모스부호가 지구를 떠나리라

뚜뚜 뚜뚜뚜 뚜 뚜뚜 뚜뚜뚜

늙은 늑대

거친 계곡을 내달리던 늙은 늑대를 사랑한다

늙은 몸을 사랑하고
계곡의 거친 호흡을 사랑하고
숙성되어 풍기는 눅눅한 인간 냄새
견과의 옹골찬 껍데기
주름진 얼굴을 사랑한다

단맛인 줄 모르고 산 세월
꺾인 무릎의 아픔 알고 나서야
발효된 단맛의 기억에 혓바늘이 돋고
채반을 통과하는, 메마른
흔적 속에서도 따뜻한 음성

시간이 흘러감에 피골은 메마르고
불어오는 바람 비릿한 피 냄새
목줄을 노리는 번득이는 눈빛

죽음을 예감하고 스스로
빈터에 몸을 가두는
늙은 늑대의 당당함을 사랑한다

떠난 자리가 아름다울 때
바람이 기억하는 전설로 남는 법
죽어서도 늑대는 가죽을 남기지 않는다

접이사다리

허기진 배를 반으로 접어
하늘로 오르는 사다리를 세운다

깊이가 다른 통증을 저마다 안고 사는 달동네
층층 계단을 오르는 골목길
몰락한 사내의 나이테가 계단 위에 일그러지고
우체통에 숨어든 독촉장
세포분열 하는 신용 불량이 체증한다

기울어진 어깨의 각도만큼 하늘을 뭉개어
햇살의 밝기를 교정하는 여자가 있다
젊은 나이에 트라우마가 지배하는 슬픈 영혼
닿을 수 없는 꼭짓점 밤마다 조율하며
밤이슬에 풀잎처럼 하루를 풀어놓는다

저당 잡힌 하루를 사는 동네
늘 빈손으로 돌아오는 달빛

빈집은 앙상하게 혈관을 말리고
뿌리가 뭉개지는 사다리
희망을 반으로 접어
별을 향한 기도를 물구나무 세우는
달동네의 하루하루

새해 아침에

-2012년 전 사원에게 보내는 새해 인사

아름다운 여행길
어디 행복한 일만 있겠는가
가슴으로 더불어 손잡고 가는 길
정갈한 마음으로
발복 기원
새해 아침을 맞는다

새해에는
이런 길로 가게 하여주소서
정성을 다하여 정도正道를 걷는 길
긍정의 힘이 어둠 속에서도 빛나는 밝은 길
태풍에도 항로를 잃지 않는 넓은 길로 나아가게 하소서

새해에는
이런 마음으로 살게 해주소서
창가에 머무는 겨울 햇살의 은혜로움 기억하고
순백의 염밭을 애무하는 신선한 바람의 은혜로움이
귀한 소금을 만드는 진리를 알게 하여주소서

끝없는 열정으로 만들어갈 새로운 여행길
노란 단풍잎 가을비에 젖고
마른 나뭇가지에 상고대 피는 겨울이 다시 시작될 때
우리는 새로운 역사를 쓰는 주인공이 되리라

희망의 메시지
-2011년 신년사

먼지 풀풀 날리는 척박한 땅에
하나둘 뜨거운 가슴이 모여 씨를 뿌렸습니다

사랑으로 제 살을 베어 씨를 덮고
갈라 터진 손바닥에 생명수를 담아
묵묵히 연약한 홀씨에 희망의 싹을 틔우니
이제 서로의 가슴에 나아갈 길이 보입니다

희망은 처음부터 있었던 것이 아니라
우리가 스스로 만들어 길이 되었으며
그 길은 희망이 되었습니다

높이 나는 새가 멀리 봄을 알지 못하는 자 스스로 떠나고
희생의 고귀함을 알지 못하는 자
감언이설로 사악한 뿌리를 내리려 합니다
그러나 스스로 우리를 귀하게 여겨
동백꽃 고결한 사랑의 힘으로 그들을 용서합니다

오, 하늘이여
우리의 사랑을 보호하소서
눈물 나게 사랑하는 우리를 더욱 사랑하게 하소서

내 가슴 하나가
우리 모두의 뜨거운 가슴으로 하나 되게 하시고
내 눈이 보는 것
우리 모두의 그것과 같아 거짓 없이 맑게 하시어
그 믿음으로 우리를 하나 되게 하소서

이제는 좀 더 넓은 가슴을 원합니다
서로 이해하고,
서로 배려하고,
서로 사랑하십시오
순간순간, 모든 것이 여러분께
기쁨이 되어 돌아온다는 것을 믿습니다

3부

텍사스 엘레지

붉은 꽃 피워주마 언약한 적 없는
마른 까끄라기에 뱀 허물 같은 세월
신새벽까지 이슬 받은 갈라 터진 입속에
가랑가랑 쏟아내던 육두문자의 각질 지층을 쌓는다

해방을 노래하는 기차는
밤마다 서울을 떠나고
장딴지가 붉게 익어가는 오팔팔의 밤
충혈된 눈깔들은
세렌게티 하이에나 낮은 자세로
늙은 작부의 말라버린 풀밭에 자맥질이 시작되고
홍등은
아랑곳하지 않고 밤새 깃발을 세운다

절벽을 기어오르는 분탕질
젖꼭지가 짜르르 도드라지면
기미 낀 가면에 분칠을 한 이브
말라버린 영혼에 격자를 긋는다

점지받은 여신의 영혼에 선한 키스를 하라!

사랑의 이데아를 믿지 못하는
도시의 시민들에게 부러진 날개로
날지 못한 새의 독백
텍사스에 백화점이 들어서고
덫에 걸린 아침이면 어김없이
이성적 허세로 위장하고
눈깔을 숨기던 수컷들
숏타임 5만 원의 기억을 몰래 떠올리며
오늘도 허세의 가면을 쓰고 쇼핑을 한다

예나 지금이나
열차는 청량리에서 잠자리에 들고
광장에서 만나는 누구에게나
안부의 인사 건네보라
바람이 전하는 기억의 밀지
하나쯤은 받을 수 있을 게다

고뇌

닮았다는 명목으로
아들을 아버지에 가두고
밤이면 영혼들 혼유석에 둘러앉아
원형질을 찾기 위해 큐브를 맞추기도 하지

계단도 통로도 없는 깜깜한 저수지
눈먼 사람들은 변질된 시뮬라크르simulacre*에 갇혀
진화의 끝은 종말이라는 신들의 잔인한 담론에
한 발짝도 벗어날 수 없게 되지

너를 닮은 사람들이 모여 있어
노숙자의 하루를 담보한 동전같이
귓속이 욱신거리는 광장의 비둘기같이
흔들흔들 아파트 입구를 들어서는 유령들
대숲에 피를 토한 빨간 혓바닥은 시대의 조율사

일어서 소리쳐 봐
영혼이 자유로운 도요새는 날아서

습지를 갈 수 있고 온종일 걸어
툰드라의 칼바람을 피할 수 있는 거지

갈대숲에서 빈 몸으로 몸을 섞어도
도요새는 도도새를 닮지 않아
꿈을 꿀 수 있는 거지

시베리아 동토에서 자작나무 흰빛을 구별 못 하면
변할 수가 없어
천년 세월 죽었다 깨어나도 그저 도도새가 되는 것

세상은 그렇게 태어나고 변하지

* 존재하지 않지만 존재하는 것처럼, 때로는 존재하는 것보다 더 생생하게 인
  식되는 것.

고告하나니

깜도 안 되는 목수
옹이 탓하듯
눈 뜨면 밝은 세상
눈 감고 검다 하네

어지러운 세상
외로운 사람들
비우면 빈 만큼 채워지는 것을

고부간 갈등으로
간을 맞춘 장독대
텅 빈 마당 바지랑대가
손잡고 그리는 곡선의 미를 기억해야지

간간한 바람
자상한 달빛
뜻 말과 소리 말이 합쳐
세상 돌아가는 것

사람 사는 진리다

옹골차게 맘먹고 손 내밀어라

206호

가을비의 음산한 예언
야생 들개 로드킬당하듯
젖은 아스팔트 위 몸뚱어리
뺑소니 전담 기금으로 몸을 누인 206호

죄도 미워하고
사람도 미워하란 말은 오늘의 테제
사람을 미워해야 죄의 속살이 보이지

가해의 음모를 염탐할 창문도
피해의 시간을 해체하는 네 벽도
온통 하얀 감방

단단한 헤드라이트의 과감한 도발
빗속의 검은 실루엣
얼굴 없는 눈동자를 채록하여
공화국 완장 앞에 풀어보지만
예수님 웬수를 사랑하라!

오랫동안 재수 옴 붙은 날

선술집 풍경

공허한 하루 지친 어깨
빈손으로 들어서는 발길이지만
늘어진 젖가슴 드러내고
진흙에 뿌리 내린 연꽃같이 환하게
반겨주는 여자가 있는 선술집

비가 오면 공치는 공휴일
백열등이 보초를 선 성긴 쪽방
스멀스멀 기어든 잡놈의 풀린 눈동자에
배고픈 하루가
막걸리 통에 동동 떠다닌다

노가다 십장은 질긴 인간 말종
인간시장에서 배를 채우는 용역회사는
문둥이 콧구멍에 마늘 빼 가는 놈들
뼈가 녹아 까라진 무릎관절에
취기를 따라 힘이 솟지만
희망은

주민등록 말살되는 날
날 샜고!

노동은 신성한 거야
젊은 삽쟁이나 늙은 창녀나
허탕 치는 날이 다반사니
알고 보면 매한가지
몸뚱이로 하루를 사는 일용직 노동자

동병상련 늙은 꽃대궁
누런 이를 드러내며 욕정의 꽃이 핀다
언제 우리가 내일이 있었더냐
막장에 다다른 인생끼리 콘크리트 비비듯
하루를 종치는 분탕질이 시작이다

정오 뉴스

—2011년 12월 19일 정오 뉴스를 말씀드리겠습니다

최 회장 횡령 혐의로 검찰에 출두합니다
참 못났습니다!
오른쪽 것 왼쪽에 옮기다 불려 가는 회장님
왼손이 하는 일 오른손이 모르게 하든가
전직 나라님 사위 체면 말이 아닙니다

정 회장 아들 주식 삼대 부자 등극하였습니다
참 대단합니다!
삼대 부자 삼대 거지 없다고 했는데!
삼백 년 부자 경주 최가를 닮으면 참 좋겠습니다

속보입니다
김정일 국방위원장이 사망하였습니다
숨이 탁탁 막힙니다!
곰삭은 반공 이데아 증후군으로 등짝에 땀이 배네요
허리가 동강 난 한반도는 영양실조가 딱 반이거늘

빨려 드는 블랙홀 긴장감이 탱탱합니다

절망도 희망도 덤덤하기만 한
서산 터미널 골목 할아바이 순댓집
삼대째 내려오는 도마 위
똬리를 튼 순대 허리가 댕강댕강
최씨 정씨 김씨 족보네 영도자가
허기진 뚝배기에 뉴스를 말고 있다

법계사 새벽

운무 너머 세상이 신비롭다
미명은 대지에 서기를 비추고
신비의 정원에 하늘이 열린다

세상을 지배하는 실루엣 색조
엎드린 산맥이 합장을 하면
풍경 소리가 설파하는 법구경

법계는 신들의 경계
법계 오르는 길에
미움도
사랑도
비워야 신전에 들 수 있음을

태양은
불전을 삼키는 정복자가 되고
새벽 중생은
사라져가는 붓다의 정원에서 숨을 고른다

몽돌

알몸을 파도에 내어주고
희로애락 털어내며
수천만 년 동안 신선들이
터 잡고 도를 닦는다
주전 바닷가
학동 해수욕장
황금산 코끼리바위 면전에서

자그락자그락

백 년도 못 채우는 인생
빈손으로 돌아갈 제
금수강산 몽돌에 껴묻혀
천년만년 도 닦는

문양紋樣이나 되었으면

주명환 추모시

사무치게 그대를 부르는 살붙이를 두고
고사리손으로 눈물 훔치는 어린 제자들을 두고
육신마저 아름다운 기증의 불꽃으로 승화하고
바람에 눈꽃 지듯 총총히 떠나는구나 벗이여

운동 삼아 옛 교정을 들렀노라며
도화지에 그림 그리듯
학창 시절 추억에 젖는 그대의 글은
동문들 가슴에 고스란히 남아 있는데

하얀 목련이 처연히 피는 이 봄날
우리는 여기 향불을 피워놓고
그대를 보내야 하기에 눈물의 작별을 고하나니

이별의 아픔 꾹꾹 가슴에 누르며
이제 그대를 놓아드리니

잘 가시게

새털처럼 가볍게 훨훨 날아서
애틋한 이승의 정 다 내려놓고
깊고 깊은 자식 사랑 그 마음도 내려놓고
고통 없는 천국에서 고이 잠드시게

하늘이시여
망자의 길 떠나는 내 동무 흰옷 젖을라
극락왕생의 길로 평안히 인도하소서

* 2014년 3월 21일 구산중학교 교사로 재직하던 후배 주명환이 46세의 젊은
  나이에 모야모야병으로 세상을 떠났다. 생전의 신념에 따라 장기 기증을 하
  고 떠난 후배의 아름다운 영혼에 이 시를 바치며 고인의 명복을 빈다.

겨울 청단풍나무
— 서울역에서

마지막 잎새를 놓아버린 가지
바싹 마른 몸을 삭풍에 떨고 있다

눈먼 새 날아와 가지에 앉아
설핏 부리를 비비다가 제 갈 길 떠나고
말라버린 수액에 살갗은
마른버짐 각질로 피어도 갈증은
잃어버린 지 오래된 기억

본심이 더 이상 천상의 신용장이 아님을
끝까지 알지 못하고 제 색깔을 믿었던 청단풍
기어이 마지막 잎새 떨어지고

서울역 계단이 뿌리 내린 어둠 속
지축을 흔드는 발자국 소리 잦아들면
이 도시의 공범인 우리 모두
마디마디 시린 가지가 부르는 희망가에
겸허히 귀 기울여야 한다

언 몸뚱어리에 오줌 누지 마라
여름이 오면
백년해로 약속하던 울창한 청단풍 속으로
내 돌아갈 꿈이 있다

신혼부부

나도 나를 모르지요
나도 내가 무섭습니다
한번 필이 꽂히면 목숨 거는
one-side step

조심하세요
후진하는 법을 모르는 일방통행
붉은 정지등은 가슴을 뛰게 합니다
다른 데 눈길만 줘도 신호등 오작동으로 착각하지요

눈을 빤히 뜨고도 정면충돌하는 걸
도무지 이해할 수 없어요
한눈팔지 않고 오직 당신만 바라보며
Baby-in-car 그때는 두 길로 달리겠네요

오늘도
당신의 두 바퀴를 따라 달리는 나의 사랑
오롯이 푸른 신호등입니다

양로원 풍경

버성긴
인연에 터를 잡은
독버섯

목줄에 달라붙는
가시 돋은 언어
애증

두 눈 감을 때까지
먼발치에서부터
채워지는 독집
사체로 남는
악연

숨 거두기 전에
어깨를
내려놓아야지

고려장의 부활이다

우울증

사람과 말들 사이
우울증에 염색을 한다
햇살도 해석할 수 없는 독백
활자를 빌어 편식증을 숨기는 말들

입술의 움직임에 맞는 보호색
주치의는 항상 겉치레에 오진을 하지
다만 두려워해야 하는 건
붉은 입술의 당당함
왜 입술은 꽃잎처럼 붉은 거야

일조량이 부족한 젖가슴 풀어 헤치면
홍조에 관음증이 당황하고
봄볕 고함 소리에 갱년기가 당황하여
가쁜 숨을 몰아쉬며 빨라지는 맥박

말에 진정제를 투입하는 건
멍청한 주치의의 몫
사람에 갇힌 우울증이 어기차다

정리 해고

그가 남긴 언어에 충실해야 해

흔들리지도 않고
뽑아낼 수도 없는 말뚝을 박아놓고
눈물을 이용하여 교활하게 덫을 놓고
힘껏 소리쳐야 해, Fade out!

사라진다는 것과 명료함은 단순한 절멸의 의식일 뿐
죄책감에 사로잡히면 아무것도 할 수 없어
약해지는 마음은 사정없이 피 묻은 망치로 내리쳐야 해

권력 위를 무중력 상태로 산책하는 기린의 걸음걸이
근사한 데모크레틱 포스가 세상을 바꾸는 거야

한번 터진 봇물은 또 다른 물길을 만드는 것
대창에 찔려 창자를 쏟기는 했어도
종로서 고등계에서 검증된 사상이지

그 후로 오랫동안 검은 망토를 걸친 사자로 남는 거야

천상열차분야지도 天象列次分野之圖
– 류방택 천문기상과학관을 다녀오다

태초에

태양이 지구에 생명을 잉태하고

우주는 삼원三垣*을 세워

천제天帝의 세상으로 화답하다

일日이 시작되고

월月이 시작되고

연年이 시작되고

천天. 지地. 인人

삼원三元이 연 월 일로 아우르니

정월 초하루 세 시

대지에

64괘의 큰 줄기를 아우르고

씨줄 날줄로 구획하여

사람이 세상을 경작하니

생로병사 희로애락

지난한 인간의 역사

비성飛星은 오늘도 천문도의 바다를 건너고
천상의 족보를 채록한 선인의 혜안에
미욱한 과객은
하늘을 경외하다

* 태미원太微垣, 자미원紫微垣, 천시원天市垣.

태풍

두 기둥 등대의 몸살
좌판 위 버려진 우럭포
물매 맞는 십자가

미친 바다가
뭍으로 질주하고
그대의 안부는 포말로 부서지고

알몸으로 버티는 마도馬島
신진도를 향한 아우성

성모마리아
가쁜 숨 몰아쉬며
주기도문으로 밤을 새운다

주식시장

산들거리는 바람 정겹게 불어올 때도
음모가 도사리고 있다는 걸 모른다

배가 부른 디지털 세상이
몸을 뒤집어 붉은 음부를 내놓고
양물이 창자 깊숙이 밀고 들어오도록
나른하게 기다린다

이 매정한 세상
쉽게 떨어지지 않는 끈기
하루쯤 거뜬히 황홀경을 꿈꾸며

변절자가 적선하듯 던지는 솔바람에
도시의 빌딩이 녹아내리는
한바탕 정사情事

해마다
탕진한 개미들이 심심찮게 목을 맨다는
서글픈 풍문이 있다

4부

34번 국도

시월의 일요일 밤
삽교호를 건너 서산 가는 길
농무에 지친 황색 가로등이 목을 매는 새벽
고독한 블랙홀을 건넌다

전조등에 달려드는 거친 말들의 잔상
파산선고같이 내뿜는 담배 연기
등 뒤에 일어서는 길이
담쟁이넝쿨보다 더 잔인하게 목을 조이고

서슬 퍼런 안개 바다 속
연민이 흐르는 낯선 이방인의 눈동자
시간이 흐를수록 더 지독해지는 사랑

밤새 길은 또 다른 길로 이어져
어느 과수댁 고독함이 창문을 밝히는
서산을 지나 신진도 앞바다에
풍덩 몸을 던진다

summer wine

나직이 노래를 듣는다
Oh ~ oh summer wine

조금 달달한 주름살 상관 않고
1달러 10센트만큼
빈틈이 생기는

붉게 익어가는
여름 해 질 녘
블랙커피 향

낸시 시내트라
귀지 청소를 하고 들을까
새끼손톱에
이어폰을 꼽고

귀로 음미하는
오르가슴 칵테일

가시나무새

산해 너머
천년 세월을 인내한
슬픈 새의 울음소리

습지에는
깃털이끼 가시나무를 잉태하고
임을 향한 기도
피 흘리는 아리아의 서곡

신새벽
갈 곳 없는 집시의 도시
슬픈 새의 노래는
날 수 없는 날갯짓

바람은 천년을 불어오고
운무는 산을 내려와
슬픈 새의 입술을 적신다

우듬지 바람이 우는 소리
가시나무새의
슬픈 전주곡이 울리면
심장이 갈라 터진 한 소절

꼭 한 번
죽어서 기쁜
너를 위한 노래를 부르리라

고백

다 잊으라 하시지만 그리 쉽게 잊을 수 있나요
이별은 밤에 덜 초라해 보일 것 같아
애써 밤에 울며 갑니다

사랑이 끝나지 않았음을
고백할 수 있게 허락하여주소서

풀잎은 제 몸을 뉘어 숨을 죽이고
밀려오는 안개 사이로 성긴 별빛
간절한 임의 향기 멀어져만 갑니다

이별의 슬픔에 울고 있음을
고백할 수 있게 허락하여주소서

훗날 잘 살고 있다는 바람 같은 소식에
속울음 우는 내가 미워질 것 같아
달맞이 꽃등 하나 피워 애원합니다

죽어도 그대를 미워할 수 없음을
고백할 수 있게 허락하여주소서

그대의 사랑을 묻습니다

그대 젖은 눈길에 내 가슴 파문이 일어
버즘나무 잎 넓은 품속에 번지는 들불 사랑
내 심장 이대로 돌이 되어
그대에게 가는 길을 묻습니다

이 가을에
갈구하는 나의 기도 알게 하소서
밤낮 구별 없이 혈관을 흐르는 페로몬 향으로
그대의 꽃잎 하나하나를 열어
그대가 보는 것
그대가 웃는 모습
그대의 아파하는 마음
그대의 전부를 위해 기도하는 나를 보게 하소서

깃털처럼 팔랑대는 신선한 바람
내 어깨 위에 내려와 맑은 언어로
그대를 사랑하라 속삭입니다

그대 등에 기대어
내 심장에 출렁이는 파도를 잠재우며
그대의 사랑을 묻습니다

힘드실 텐데
손잡고 가지 않으실래요?

돌아보면 다 사람이다

몸이 멀어지면 향기가 멀어지고
마음이 멀어지면 사랑이 식어가나니
같은 곳을 바라보는 동안
내 사람이라 소홀히 하지 말자

서로의 시선이 어긋나는 순간
풀잎은 천천히 메말라가고
어느새 사람 사이가
찬 바람 부는 갈대밭이 되는 것

내가 준 사랑의 크기만 저울질하며
속으로 아파하고 원망하지 말자
각자의 마음속에
각각의 우주가 있나니
어찌 하나의 별만이 뜨기를 바라는가

인연이 다하기 전에
돌아오는 길 힘들지 않게

산 그림자 볕 들도록 바지랑대 세우고
오롯이 바람 끝에서 기다려보자

아픈 이별에
뒤돌아보지 않는 사람 어디 있으랴

지는 해를 등에 지고 여행을 떠나는 것도
하나쯤 옹이를 지니고 사는 것도
돌아보면 다 사람이다

미인도

그대 가슴의 봄기운은 저고리를 풀어 헤치고
나의 시는 그대의 전신을 더듬어가노라*

사랑아
울고 있느냐

버들눈썹 고운 눈매
연미색 삼회장저고리
자줏빛 옷고름은

풀어야 하나
매어야 하나

기다리는 임은
도화서 높은 돌담에 발목이 잡혀
붓끝으로만 그대를 더듬고 있는데

봄바람에 달아오르는 수밀도 가슴

여염집 규수 마실 나서듯
트레머리 풀어 헤치고
돌담을 넘고 싶으냐

옥색 치마 속 유혹
단아한 이마
그대를 내가 점지하였나니
오라! 나의 품으로

나의 시에서 옷고름을 풀어라

이제는 내가
백 년 화폭을 시에 담아
흉중에 품은 그대 그만 내어놓으라
혜원에게 호령하리라

* 신윤복의 미인도 화제畵題. 반박흉중만화춘 필단능여물전신盤礴胸中萬花春 筆端
  能與物傳神.

봄날은 간다

잊으려 하지 않아도
잊혀지는 것이 이름이더니만
잊었다 하면 다시 생각나
잊으려 할수록 더욱
그리워지는 건
이름을 잊은 임의 향기

잊을 생각
마시고

보낼 생각
마시고

베갯잇 적시는 밤마다
애달파하며
예전에 못다 한 말
혼자서라도

주고받고
눈물지고

봄날은 오고 또 가고

목련

목덜미가 흰 여인과 연애 한번 했으면 좋겠다
집어등으로 모은 하얀 미소를 한바탕 터트릴 줄 아는
어둑발 속에도 우윳빛으로 투명해지는
밤이 되면 꽃잎마다 달을 품는
목련화 설레는 가슴으로
아지랑이 아롱거리는 사랑 고백을 듣고 싶다

환한 얼굴
가슴 활짝 열고
봄꽃들이 천진난만한 언덕 위에서
생명의 노래를 부르는 그대가 아름답다

봄은
꽃과 사람이 흐드러지게 피어
대놓고 정분이 나는
바야흐로 연애의 계절이다

사랑의 향기

고운 임 마주 앉아
짙은 재스민 향에 취하며
사랑을 노래하던 그 겨울밤

해맑은 임의 눈동자에
내 사랑의 소박함을 화인火印으로 남기고
고운 사랑에 겨워
샘솟는 정열에 입맞춤하던 밤

테라스엔 눈꽃이 숨을 죽이고
시간의 숨소리도
조용히 젖어 드는 카페에
감미롭게 흐르던 음악은 푸른 로망스

그 밤 안개는
한마음 달콤한 감로수로 흘러
여린 속살에 패랭이꽃 순결을 잉태하던

그 사랑 참으로 좋았어라

신진도에서 편지를 쓰다

슬픈 예감이 머리끄덩이를 휘어잡아도
널 그리워하지 않으면
아무것도 할 수 없어
나를 닮은 등대가 있는 신진도에서
바다가 읽는 편지를 쓴다

빗장 풀린 그리움이 왈칵
등대의 정수리에 닻을 내리는 저녁
야윈 자존심이 습기를 말리고
소금기 서걱대는 내항內港에 불이 켜지면
사유의 굴레에 침잠하는 서투른 연민
서로 다른 두 개의 등대는
밤을 새워도 해석할 수 없는 한 뼘 거리
산고産苦보다 힘든 몸살이 시작된다

바다와 별과 달이 취하여 어깨에 기대고
침묵 속의 네 모습이 성가실 때쯤
신진대교에 부서지는 달빛을 핑계 삼아

이제는 너를 잊어보자

너무 아파 심장이 터지는 새벽이 오면
실밥 같은 균열의 부스러기에 피를 토해
숨죽여 울고 있는 낮달에
립스틱보다 붉은 꽃을 채워보자
부서지는 물이랑이 아침을 재촉한다고
속절없이 눈물을 보이지 마라

이별은
해가 뜨면 하얀 바다가 된다

신진도의 밤

먼 길 떠나와 소식을 기다리며
서늘한 가슴으로 보는 황혼 빛의 가벼움
붉은 물결의 흔들림 마음속 미로입니다
오늘도 다가설 수 없는 두 등대는
에둘러 바다만 바라보고
어둑발에 잠기는 하루의 여운이 참으로 우울합니다

그대라는 이름 위에 함박눈이 내립니다
밤새 살갗을 벗겨낸 파도는
아픈 마음 포말로 토해내지만
설연화 피는 봄날까지 속 시름에 젖는
신진도의 함박눈은 녹을 수 없을 것 같습니다

그리움이 어디 아픔으로만 끝나는 건가요
심장이 한숨 속에 녹아 스러져도
아귀같이 사무치는 연정
끝내 침묵할 수밖에 없는 이방인은
동백꽃 붉은빛으로 제 눈을 찔러

눈먼 고목으로 임 곁에 천년을 살고 지고

소식 없는 밤이 도무지 안중에도 없는
항구의 이슬은 정수리에 내려앉고
잠들지 못하는 마도馬島의 먹빛은
그리운 맘 물결 따라
뭍으로
뭍으로
밀려만 옵니다

엘레지 꽃

흔들리는 절규
울고 있구나 너는

갈참나무 낙엽 사이
알량한 온기 찾는
자박자박 잦은 발걸음
발부리도 떨고 있구나, 너는

너에게 무슨 향기가 있으랴

사랑 같은 사랑 영원히 못 해보고
억새풀 겨울은 건조하고

스스로 청정해지는 것이 부처님 마음*

동안거를 푼 너에게
천형 같은 꽃말

'바람난 여인'

설원의 숨 가쁜 바람 앞에
하얀 뼈 드러낸 어깨 위
지상에서 가장 슬픈 자색 화등을 켠다

송곳 같은 너의 화침에 심장이 찔려
사랑아,

나도 울고 있다

* 해인사 동안거 해제 법회에서 혜인 스님 법문 중.

쉰다섯에 쓰는 유언

깜깜한 밤에는 돌아올 약속이 되어 있는 길
달리는 기차에서 글을 쓰네
통로에 오가는 발자국 소리 뒤에
우울한 또 다른 영혼
천국으로 가는 길을 나서네

떠나기에 참 좋은 날이네
창가에 황혼은 적당히 빛이 바래고
단조로운 기차 소리는
익숙함과 모호함의 경계선에 나를 세우네

울고 있는 사람들을 보네
잊고 살았던 풍경들이 달려가네
계절이 바뀔 때마다
나의 죽음을 가끔 기억해줄 사람들이 보이네

삶의 종착지는 멀지 않네
이름 위에 덧칠할 무엇도 남기지 않은 짧은 인생
지금쯤 마감하는 것도

그리 나쁘지만은 않을 것 같네

나의 일탈은
오래된 악기의 갈라진 소리같이 거슬리지만 친숙하네
한평생 달려온 삶의 여정은
타고 내리는 사람들 아무도 의식하지 않는
천안에서 서울까지 짧은 편도
슬퍼하지 않으면 좋겠네

사월은 새로운 생의 시작을 위해 분주하고
새싹이 돋아나는 길을 따라 나는 마지막 여행을 가려네

부탁이 있나니
내 몸뚱어리의 쓸 만한 것들은 다 기증하고
찌꺼기는 수습하여 햇빛 좋은 고향 뒷산에 묻어주면 좋겠네

내 삶의 흔적들 또한
그리하면 좋겠네

신진도 일몰

여름 동안 못 만난 신진도와 소주 한잔하러 간다
살을 말린 우럭포가
사내들과 술잔 나누기 전에
만삭의 꽃게가 해산하기 전에

안부를 묻는 건
늦은 오후가 좋다

신진도의 일몰은 교회처럼 정직하여
낮달이 언제쯤
선홍빛 순정을 내비치는지
마주 선 등대의 지분대는 꼴이
보일 듯 말 듯 얼마나 은밀한지

일몰에
얼굴 붉히는 구름만 봐도
속내쯤 금방 알 수 있지만

나는 신진도와, 신진도와 밤새 소주만 마실 거다

청춘

비를 맞고 걸어보자
흠뻑 젖은 서러움 짐승같이 달라붙고
산발한 채 목에 감기는 절규
벌판을 질주하여 바다에 닿을 때까지
우산 없이, 가슴으로 울어보자

눈을 맞고 걸어보자
얼어버린 언어에 저당 잡힌 하루
스러지는 눈꽃이 절망하거든
내려치는 눈보라 외로이 맞아보자
아프지 않은 청춘, 어디 있으랴

죽을 만큼 겪어보지 않고
태양을 삼키는 법 어디에도 없다
고통을 이겨낸 영혼에 속살이 돋아
먹장구름에 숨은 무지개를 해석하는 날

봄의 입구
저기, 또 다른 청춘이 오고 있다

이별 후에는 기차를 타라

이별 후에는 기차를 타라
창가를 달리는 풍경에 위안을 받고
기차 소리에 리듬을 맞춰 아픔을 지울 수 있는
슬픈 표정을 애써 감추지 않아도 되는 기차를 타라

이별은 오후 네 시에 하라
잠 못 드는 밤은 아직 멀어
눈이 붓도록 울기에는 햇살이 부끄러운 시간
폭식을 하거나 샤워를 하며
마음이 고요해지는 여유 시간이 충분한
속으로 삭이는 슬픔이 어른스러운 네 시에 이별을 하라

이별은 사월에 하라
봄 햇살이 따사로이 그대를 어루만지고
희망이 불타는 여름이 기다리는
그리하여 노란 은행잎 위에 이별도
추억으로 물드는 가을이 지나가고

눈 내리는 창가에서 보는 겨울이
그다지 춥게 느껴지지 않도록 이별은 사월에 하라

우리는 알고 있지
하행선 기차가 다시 상행선으로 되돌아오고
오늘이 지나면 새로운 내일을 마주하며
이별은 슬펐노라 얘기하는 계절을 적당히 보내고
그 이별이 사소한 추억으로 퇴색될 즈음

새로운 인연 앞에 가슴이 설렌다는 것을

향일화

혼자 서서 걷는 이름으로
가을볕에 길을 묻는다

젖어 드는 바짓가랑이 싫다고
이슬을 탓하던 여름날의 몽매

흔들리는 바람꽃 안부를 전해 올 때
은혜로운 햇살 받아 작은 소망 잉태하며
아직도 서성대는 그리움의 의미

고개 숙여 살아온 한평생
둥근 얼굴에 단단한 지문이 익어간다

가을비

사람과 사람 사이
어느새 빈틈이 생겼나 보다

젖은 숨결 찾아들던 갈비뼈 사이
꽃도 피지 않는 둑방길이 들어서고

건조한 키스의 흔액은
낡은 목선의 서걱대는 소금기

시린 가슴 물길 따라 갈라서는 갯벌
돌아앉은 언어가 미로를 만든다
십일월의 서늘한 비가 내리면
중년의 마디마디 시려오는데

흑백사진 속 억새꽃 비에 젖고
탈색된 휑한 웃음 출구를 더듬는다

사랑을 실천하는 휴머니스트의 꿈

이승하 시인 · 중앙대 교수

　구지평 시인은 경북 예천 촌놈이다. '촌놈'이라는 호칭은 여기
서 비칭이 아니다. 세련되지도 않고 약삭빠르지도 않고 계산적이
지도 않지만 예의 바르고 인정이 있고 의리가 있다는 뜻이다. 예
천은 동으로 안동이 있고 서로는 문경이 있다. 남으로는 해설자
의 출생지인 의성과 외갓집이 있는 상주와 접하고 있다. 대체로
산지가 연속되어 있는 척박한 땅이지만 내성천이 예천의 중앙부
를 북동쪽에서 서남쪽으로 흘러 의성과 경계를 이루면서 남쪽의
풍양면을 거쳐 낙동강으로 유입한다. 이들 하천 연안에는 충적평
야가 발달하여 농경지로 이용되는데, 예로부터 예천에 대단한 갑
부나 지주가 있다는 얘기는 듣지 못했다. 논농사 조금 밭농사 조
금, 그저 입에 풀칠이나 하며 하늘 우러러보고 살아온 소박한 농

투성이들의 삶의 터전이 예천이었다. 시인은 예천에서 태어나서 자란 예천 토박이 촌놈인데, 이런 태생지의 환경이 시인의 시 세계를 형성하였다고 보기에 서두에 이렇게 언급하게 되었다.

시집의 제일 앞머리에 놓인 시의 제목이 '가난'인 것이 의미심장하다.

복막염 수술 열세 번에
녹초가 된 아버지
육 남매 건사하며
죽지 못해 살아온 고향
아서라 고향이란 말
하루에도 골백번 황천길이 보이더라

군불 지피려니 성냥이 없어
새댁이 딱하다며 옆집에서
적선해준 아리랑 성냥 한 통
매운 연기 탓인지 서러워선지

지금 생각하면
진종일 맹물만 한 바가지 먹어서
그렇게 눈물만 난 것 같다고 웃는
어머니

－「가난」부분

　시집살이 10년 만에 분가한 것까지는 좋았다. 분가하면서 가지고 나온 것은 "쌀 닷 되 / 좁쌀 한 가마 / 장물 한 단지 / 주발 다섯 / 숟가락 다섯"이 전부였다. 아버지가 "복막염 수술 열세 번에 / 녹초가" 되고 집안의 가장 노릇을 하게 된 것은 어머니였다. 군불을 지피려고 해도 성냥이 없어 막막해하자 옆집에서 아리랑 성냥 한 통을 준다. 불을 지펴도 끓일 것이 없다. "진종일 맹물만 한 바가지 먹"은 어머니가 겪은 가난은 '빈한貧寒'이 아니라 '적빈赤貧'이었다. 어머니는 육 남매를 어떻게 키웠던 것일까. "닳아도 악착같이 붙어 살라고 / 너덜너덜 넝마 같은 나일론 바지라도 / 겨울이 눌어붙은 팔소매 뗏국물 온기라도"(「감자꽃」) 느끼라고 박음질을 해서 옷을 입힌다. 어머니의 고생은 여든 노인이 되어서도 마찬가지다. 이제는 시집가고 장가간 자식들에게 농사지은 것을 보내니, 노동이 끝난 것이 아니다. "온 여름내 텃밭에 심"은 것은 고추로, 가을이 오면 "붉게 영근 땀방울 곱게 빻아 / 자식들 손에 들려 따라나서는 / 어머님 주름살"이 애처롭다. "식탁에 앉을 때마다 / 자식들은 노구를 먹고 산다"(「고춧가루」)라고 표현하고 있으니, 어머니의 고생이 눈물겹도록 감동적이다. 아버지에 대한 시도 여러 편 나온다.

　　열여덟 새신랑

142

의용군으로 끌려가고
열일곱 새색시
신작로만 바라보며
묵시래이 삼 년

거제도 포로수용소 송환되자마자
스무 살에 군대 잡혀가
일등병으로 제대할 때까지
정신병원 생활
―「아버지」 부분

이 시를 보면 아버지는 결혼을 한 몸으로 의용군에 끌려갔다가
포로로 잡혀 거제도 포로수용소에 있다가 생환하였다. 휴전협정 뒤
에 집으로 돌아온 것이 아니라 이번에는 국군에 징집되어 1953년
11월 4일부터 1954년 7월 17일까지 군대 생활을 하는데, 의병제
대를 할 때까지 정신병원에 있다 나온다. 아마도 어린 나이에 거
제도 포로수용소에서 끔찍한 경험을 했기 때문일 것이다. 그래도
아버지는 천수를 누려 칠순 잔치를 한다.

평생 곡주 한 잔 못 하시던 아버지
칠순 잔칫상 받으신 날
맑은 정종 한 잔에 울음 우신다

(중략)

칠순 잔칫상 받으시고 아버님이 우신다
새끼손가락 휘젓는 막걸리 잔에
오촌 당숙의 빨간 코가 뱅뱅 어지럽고
허리가 꼬부라진 당숙모 하루 종일
짊어진 황혼의 무게가 무거워
헛간 어둠 속에 누우신다
　　　　　　　　　　─「칠순 잔치」 부분

　아버지의 생은 "회한의 응어리", "질경이 같은 아픔", "지난한
세월의 등줄기" 같은 시적 표현에 잘 나타나 있다. 인생 초년 시
절, 잘못 꿰어진 단추로 말미암아 오랜 세월 고통을 겪었지만 "내
세울 것 부러울 것 하나 없는 자식 농사"(「어머님 노래」)를 지은 소
박한 일생이었다. 이들 양주의 얼굴에 깔린 검버섯을 "세월 그을
음"이라고 표현한 것이 절묘하다. "산허리 밭뙈기에 고구마 심는
구씨네 삼대"(「어버이날」)는 시인이 그려낸 가장 아름다운 풍경일
것이다.
　시인은 어린 시절, 또래들을 두들겨 패고 어머니한테 회초리를
맞으며 "저눔 저 늑대 같은 눔!"(「늑대 전설」) 하고 꾸지람을 듣기
도 했지만 장성하여 부모님 슬하를 떠나 "개차반 같은 세상"(「호
랑이 새끼를 품다」)으로 나가게 된다. 예천 촌놈이 주식회사 우진

대표이사가 되기까지 어떤 고충을 겪었는지, 시에서는 시시콜콜 애기하지 않는다. "졸업장 하나 없이 목련꽃 피워내던 내 누이" (「아픈 사월아」)의 희생이 있었을 것이고, "가슴으로 울어보"(「청춘」)았던 청춘도 있었을 것이다. 시인의 도시에서의 삶을 단적으로 보여주는 시가 있다.

아무리 생각해도 꿈이 없어
눈을 감고 행복했노라 되뇌어도 꿈이 없어
불같은 사랑 전설이 되어
부드러운 햇살로 서성대도 꿈이 없어

꿈을 꾸던 하얀 목덜미
아직 희망이 남아 있는 종암동 골목길
삼십 대에 갈망하던 노스탤지어의 유혹
21세기 불청객 눈먼 도시에
꿈이 없어

하루 종일 허기진 배를 깔고
식탐에 눈먼 로봇 청소기
도시의 밀랍 인형과 연애하는 나에게는
꿈이 없어
이 낯선 두려움에 꿈이 없다

희망은

—「꿈이 없다」전문

시인은 30대에 어떤 신분으로 종암동 골목길을 헤매고 다녔던 것일까? 그때만 해도 희망이 남아 있었을지 모른다. "식탐에 눈먼 로봇 청소기"가 자신인지 도시인인지 잘 구분이 가지 않는데, 아무튼 나는 "도시의 밀랍 인형과 연애"를 하고 있다. "불같은 사랑 전설이 되"고, "이 낯선 두려움에 꿈이 없다"는 것은 슬픈 일이다. 우리에게 일용할 양식이 있고, 가정과 직장이 있고 친구와 동료가 있어도 꿈이 없다는 것은 정녕 슬픈 일이다. 그래서 해마다 정초가 되면 부하 직원들에게 꿈을 가지라고 말하는 이가 바로 구지평 시인이다. 직원들에게 월급을 주고 보너스를 지급하는 위치에 있으면서 자상하게도, 이런 시를 쓴다.

새해에는

이런 길로 가게 하여주소서

정성을 다하여 정도正道를 걷는 길

긍정의 힘이 어둠 속에서도 빛나는 밝은 길

태풍에도 항로를 잃지 않는 넓은 길로 나아가게 하소서

—「새해 아침에─2012년 전 사원에게 보내는 새해 인사」부분

내 가슴 하나가

우리 모두의 뜨거운 가슴으로 하나 되게 하시고
내 눈이 보는 것
우리 모두의 그것과 같아 거짓 없이 맑게 하시어
그 믿음으로 우리를 하나 되게 하소서
　　―「희망의 메시지―2011년 신년사」 부분

　두 편 시는 모두 회사의 '사장님'이 전 사원에게 보내는 새해 인사, 즉 신년사다. 성명서 조의 의례적인 인사가 아니라 시로써 들려준 신년사라 그런지 정이 넘치고 인간미가 넘친다. 우리가 살아가면서 가장 깨끗한 마음을 갖는 시간이 기도 내지는 참선을 하는 시간일 텐데, 시인은, 아니 구지평 대표이사는 우리 모두가 한 해 내내 깨끗한 마음으로 살아가자고 기원한다. 회사 대표이사의 이와 같은 신년 덕담은 정말 처음 접해본다. 깨끗한 마음은 정직한 마음, 착한 마음, 남을 돕는 마음일 것이다. 이런 마음으로 살아간다면 복이 올 것이다.
　또 다른 시적 경향은 우리 시대의 이런저런 모습이다. 일종의 세태 풍자, 시대 비판 시가 곳곳에 포진해 있다.

　최 회장 횡령 혐의로 검찰에 출두합니다
　참 못났습니다!
　오른쪽 것 왼쪽에 옮기다 불려 가는 회장님
　왼손이 하는 일 오른손이 모르게 하든가

전직 나라님 사위 체면 말이 아닙니다

정 회장 아들 주식 삼대 부자 등극하였습니다
참 대단합니다!
삼대 부자 삼대 거지 없다고 했는데!
삼백 년 부자 경주 최가를 닮으면 참 좋겠습니다
—「정오 뉴스」 부분

우리나라 재벌 중에 탈세나 불법 증여, 비자금 조성, 공금 해외
유출 등으로 조사를 받지 않은 이는 거의 없다. 이런 일이 터질
때마다 서민들이 겪는 상대적 박탈감은 더욱 커지지만 유전무죄
무전유죄라고, 재벌들은 대부분 쉽게 풀려난다. 재벌들이 법을
어기든지 구속이 되든지 간에 묵묵히 자기 일을 하는 사람들이
있다.

절망도 희망도 덤덤하기만 한
서산 터미널 골목 할아바이 순댓집
삼대째 내려오는 도마 위
똬리를 튼 순대 허리가 댕강댕강
최씨 정씨 김씨 족보네 영도자가
허기진 뚝배기에 뉴스를 말고 있다
—「정오 뉴스」 마지막 연

이 시를 보면 시인이 꿈꾸는 사회는 정직이 통하는 사회, 양심이 통하는 사회다. 손님들에게 삼대째 순대를 팔고 있는 서산 터미널 골목의 할아바이 순댓집의 주인이야말로 이 나라 양심과 정직의 사표이리라. 「정리 해고」「주식시장」 등에는 우리 사회의 모순과 부조리가 그려져 있다. 「텍사스 엘레지」「선술집 풍경」「양로원 풍경」「우울증」 등에는 인간 자체의 모순과 부조리가 그려져 있다. 이런 시에서도 시인이 궁극적으로 추구하는 것은 진선미眞善美임을 알 수 있다. 인간의 진실성, 선량함, 아름다움을 시인은 갈망하고 있다. 즉, 이들 시는 구지평 시인이 휴머니스트임을 알게 한다. 제4부에서도 휴머니스트 시인 구지평을 만나게 된다.

몸이 멀어지면 향기가 멀어지고
마음이 멀어지면 사랑이 식어가나니
같은 곳을 바라보는 동안
내 사람이라 소홀히 하지 말자

서로의 시선이 어긋나는 순간
풀잎은 천천히 메말라가고
어느새 사람 사이가
찬 바람 부는 갈대밭이 되는 것

내가 준 사랑의 크기만 저울질하며

속으로 아파하고 원망하지 말자
각자의 마음속에
각각의 우주가 있나니
어찌 하나의 별만이 뜨기를 바라는가
―「돌아보면 다 사람이다」 전반부

　우리는 가까운 사람한테 소홀히 하고 관계가 먼 사람한테는(특히 권력을 가진 사람에게는) 잘하는 경향이 있다. 어떤 사람은 강자 앞에서는 약하고 약자 앞에서는 권위적이다. 바깥에서는 멀쩡한 사람이 집에 와서는 신경질이 심해지거나 화를 잘 내는 사람도 있다. 시인은 "내 사람이라 소홀히 하지 말자"라고 말한다. 또한 "내가 준 사랑의 크기만 저울질하며 / 속으로 아파하고 원망하지 말자"라고 주장한다. 사실 사랑이라는 것은 끊임없이 베푸는 것인데 우리는 사랑을 받기만 원하고 있는지도 모른다. 기독교에서는 최고의 미덕을 '사랑'이라고 한다. 원수도 사랑하라는 것이 교리지만 우리는 교회 바깥으로는 따뜻한 손길을 잘 내밀지 않는다. 불교에서는 최고의 미덕을 '보시'라고 한다. 수행 중인 자는 물질을 소유하려 들지 말고 줄기차게 보시해야 한다고 부처님은 말했다. 하지만 종교가 세속화되다 보니 재산 축적에 눈이 먼 성직자들이 있어 지탄의 대상이 되기도 한다. 가족은 물론 직장 동료들에게, 친구와 친척들에게 끊임없이 관심을 갖고서 정을 베풀어야 밝은 사회가 된다고 시인은 주장한다. 사람은 결국 사람 사이에서 살아갈 수밖에 없다. 사람 사이에서 어떻게 행동하고 어떻게 처신하느냐에 따라 그 사람이 빛날 수 있고, 아름다울 수 있는 것이다.

> 인연이 다하기 전에
> 돌아오는 길 힘들지 않게
> 산 그림자 볕 들도록 바지랑대 세우고
> 오롯이 바람 끝에서 기다려보자
>
> 아픈 이별에
> 뒤돌아보지 않는 사람 어디 있으랴
>
> 지는 해를 등에 지고 여행을 떠나는 것도
> 하나쯤 옹이를 지니고 사는 것도
> 돌아보면 다 사람이다
> ─「돌아보면 다 사람이다」 후반부

내가 관심을 기울이고 사랑을 베풀어도 반응이 오지 않을 때는 어떻게 해야 할까. 그 대답이 바로 이 시의 제4연이다. "인연이 다하기 전에 / 돌아오는 길 힘들지 않게 / 산 그림자 볕 들도록 바지랑대 세우고 / 오롯이 바람 끝에서 기다려보자"라는 시인의 말이 참으로 감동적이다. 사랑은 그저 하염없이 베푸는 것, 기다리는 것, 참는 것이다. 하염없이 사랑하다가 이별의 아픔을 겪는다면 어떻게 해야 할까. 시인은 충고한다, "지는 해를 등에 지고 여행을 떠나"보라고. 프랑스 상징파 시인 랭보는 이렇게 말하지 않았던가. 상처 없는 영혼이 어디 있느냐고. "하나쯤 옹이를 지니고 사는 것도 / 돌아보면 다 사람이다"라는 이 시의 결구는 시인이 따뜻한 인간애를 지닌 휴머니스트임을 더욱 실감케 한다. 제4부에서 주목한 또 한 편의 시는 「쉰다섯에 쓰는 유언」이다.

깜깜한 밤에는 돌아올 약속이 되어 있는 길
달리는 기차에서 글을 쓰네
통로에 오가는 발자국 소리 뒤에
우울한 또 다른 영혼
천국으로 가는 길을 나서네

떠나기에 참 좋은 날이네
창가에 황혼은 적당히 빛이 바래고
단조로운 기차 소리는
익숙함과 모호함의 경계선에 나를 세우네
　　　　　　　　　　－「쉰다섯에 쓰는 유언」 도입부

시인은 지금 기차를 타고 어디론가 가고 있는 중이다. 기차는 언젠가 내가 내릴 역에서 멎는다. 그리고 종착역에 다다른다. 시

152

인은 기차 안에서 수첩을 꺼내 들고 인생의 종착역을 생각하고
는 이렇게 쓴다. "떠나기에 참 좋은 날이네"라고. 이 기차를 함께
탄 승객 모두 언젠가는 황천행 열차를 탄다는 점에서는 공동 운
명체다.

> 울고 있는 사람들을 보네
> 잊고 살았던 풍경들이 달려가네
> 계절이 바뀔 때마다
> 나의 죽음을 가끔 기억해줄 사람들이 보이네
>
> 삶의 종차지는 멀지 않네
> 이름 위에 덧칠할 무엇도 남기지 않은 짧은 인생
> 지금쯤 마감하는 것도
> 그리 나쁘지만은 않을 것 같네
> ―「쉰다섯에 쓰는 유언」 제3, 4연

100세 시대를 살게 되었다고 하지만 삶의 종착지는 사실 아주
먼 훗날이 아니다. 각종 질병과 불의의 사고도 복병처럼 우리를
기다리고 있다. 천수를 누린다고 해도 노년이 고통스럽다면(혹은
치매 같은 것이라도 찾아온다면) 생명 연장이 행복한 것이 아니다.
시인은 "이름 위에 덧칠할 무엇도 남기지 않은 짧은 인생"이니
"지금쯤 마감하는 것도 / 그리 나쁘지만은 않을 것 같"다고 생각

해본다. "쓸 만한 것들은 다 기증하고 / 찌꺼기는 수습하여 햇빛 좋은 고향 뒷산에 묻어주면 좋겠"다고. 그리고 불가에서 말하는 '비운다는 것', '내려놓는다는 것'이 말처럼 쉽지 않은데, 그것을 몸소 실천하려는 다짐이 마치 유언 같다. "새싹이 돋아나는 길을 따라 나는 마지막 여행을 가려네"라고 말하니, 마지막 가는 모습도 휴머니스트답다.

주식회사 우진의 대표이사 구지평의 또 하나의 소원은 자신을 시인으로 불러달라는 것이다.

그래도
여생을 시에 건다

비가 오면 시를 물에 말고
시로 아이들 출가시키고
밥도 술도 나이도
시에 꾹꾹 말아

시만 지어 밥 먹기로 했다
―「생계」 후반부

물론 불가능한 일이다. 하지만 이런 소망을 이 나이에 갖게 되었으니, 그의 장도를 빌어주고 싶다. 인간은 결국 한 줌 흙이 되게 마련인데, 재산을 가지고 갈 것인가. 사회적인 명성을 가지고 갈 것인가. 사후에도 널리 읽힐 시 한 수 남기고 간다는 그 인생이야말로 완성된 인생이 아니겠는가. 바로 이런 생각이 펼쳐져 있는 또 한 편의 시가 있다.

누군가에게
시가 되어 읽히는 나의 슬픔

사모하고 있다고
고백할 수 없는

운명이라
말하지 않아도 알고 있는

오로지
은혜로운 눈길 한 번이면
평생 흔들리지 않을

스스로 눕는
나의 시
　—「나의 시詩」 전문

이제 자기 인생의 지표 혹은 지향점이 확실히 정해졌음을 천명한 것이 아니고 무엇인가. "운명이라 / 말하지 않아도 알고 있"다고 한다. "누군가에게 / 시가 되어 읽히는 나의 슬픔"을 알아주기를 간절히 바라고 있으니, 그 바람은 이루어질 것이다. 구지평 대표이사가 한 회사의 대표이기만 했을 때는 "아무리 생각해도 꿈이 없어"(「꿈이 없다」) 전전긍긍했지만 이제는 꿈이 생긴 것이다. 시를 쓰기 전에는 인사동에 가도 별 느낌이 없었지만 지금은 그렇지 않다. 고향에 가서 완두콩밭을 지나갈 때, 전에는 아무 느낌이 없었지만 이제는 시심이 일어나 시를 쓰게 되었다. 시 속에서 시인은 연애를 하고 이별을 한다. 아내를 더욱 아끼고 함께 늙어가는 아내를 연민한다. 인간을 더 사랑하게 되었고 사물을 더 아낄 수 있게 되었다. 사실 이 시집에는 연애시가 제법 많이 나온다. 독자가 시의 의미를 각자 알아서 이해하시라고 일부러 해석하지 않았는데 딱 두 편만 언급한다.

그대 등에 기대어
내 심장에 출렁이는 파도를 잠재우며
그대의 사랑을 묻습니다

힘드실 텐데
손잡고 가지 않으실래요?
―「그대의 사랑을 묻습니다」 후반부

설원의 숨 가쁜 바람 앞에
하얀 뼈 드러낸 어깨 위
지상에서 가장 슬픈 자색 화등을 켠다

송곳 같은 너의 화침에 심장이 찔려
사랑아,

나도 울고 있다
―「엘레지 꽃」후반부

울어라, 낙화 앞에서 울지 않으면 시인이 아니다. 이별을 하고
와서 울지 않으면 시인이 아니다. 화무십일홍이니 때가 되면 우
리는 모두 죽는다. 생명 연장을 하려고 몸보신을 먼저 생각하지
않고 영혼의 뼈를 깎는 시작詩作에의 길로 들어선 구지평 시인에
게 앞으로 수많은 시련과 실연의 밤이 오기를 바란다. 이제 막 첫
시집을 내면서 새로운 인생행로에 접어든 구지평 시인의 문운 장
구를 빈다.

돌아보면 다 사람이다

—

초판 1쇄   2014년 10월 31일
지은이   구지평
펴낸이   김영재
펴낸곳   책만드는집

—

주소   서울 마포구 양화로3길 99 4층 (121-887)
전화   3142-1585·6
팩스   336-8908
전자우편   chaekjip@naver.com
출판등록   1994년 1월 13일 제10-927호
ⓒ 구지평, 2014

—

ISBN   978-89-7944-497-1 (04810)
ISBN   978-89-7944-354-7 (세트)